小學生
關聯詞應用
自測

商務印書館

小學生關聯詞應用自測

主　　編：商務印書館編輯部

責任編輯：馮孟琦

封面設計：黎奇文

出　　版：商務印書館 (香港) 有限公司

　　　　　香港筲箕灣耀興道 3 號東滙廣場 8 樓

　　　　　http://www.commercialpress.com.hk

發　　行：香港聯合書刊物流有限公司

　　　　　香港新界大埔汀麗路 36 號中華商務印刷大廈 3 字樓

印　　刷：中華商務彩色印刷有限公司

　　　　　香港新界大埔汀麗路 36 號中華商務印刷大廈 14 字樓

版　　次：2018 年 11 月第 1 版 第 1 次印刷

使用説明

(1) 把測試成績記錄下來。答對 1 分，答錯 0 分，
　　每 50 題做一次小結，看看自己表現如何。

(2) 左頁大部分句子中，都有用錯了的關聯詞，請
　　你想想應該怎樣改正。

(3) 做完左頁全部題目，才翻開長摺頁核對答案。
　　無論答對還是答錯，你都應該仔細閱讀右頁的
　　解説，弄清楚出錯原因和關聯詞的正確用法，
　　加深認識。

(4) 完成所有測試後，可以用書上的例句對照自己
　　的作文，幫助自己重點學
　　習錯得最多的關聯詞類型，
　　真正提高你的語文水平！

這些句子錯了嗎？

姐姐一邊唱歌，又跳舞。

我既會彈鋼琴，又會拉小提琴。

弟弟有時很乖，一邊又很調皮。

小貓一會兒跳上跳下，又圍着尾巴轉圈，可愛得不得了。

答案 姐姐一邊唱歌，__一邊__跳舞。

解說 「一邊……一邊……」連接的前後兩個句子，並沒有時間先後的分別，唱歌和跳舞是同時進行的。

解說 「既……又……」表示「彈鋼琴」和「拉小提琴」都是「我」會的技能，兩者沒有誰更重要的分別。

答案 弟弟有時很乖，__有時__很調皮。

解說 「乖」和「調皮」都是弟弟身上會有的狀態，時時不同，兩者是同樣存在的。應該用「有時……有時……」，「有時」不能與「一邊」搭配在一起。

答案 小貓一會兒跳上跳下，__一會兒__圍着尾巴轉圈，可愛得不得了。

解說 「一會兒……一會兒……」描述了兩個不時出現的動作，並沒有哪個更重要的分別。「一會兒……一會兒……」是固定的搭配，要一起使用。

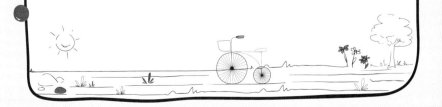

我的爸爸不抽煙，還不愛玩電子遊戲。

姐姐學習成績好，一方面是因為她聰明好學，一邊是因為她的認真勤奮。

我的媽媽是護士，而是醫生。

雨後的天空是那麼藍，那麼清澈！

答案 我的爸爸不抽煙，<u>也</u>不愛玩電子遊戲。

解說 「不……也不……」在這裏表示兩種行為都不是爸爸喜歡做的，程度一樣，沒有分別。

答案 姐姐學習成績好，一方面是因為她聰明好學，<u>**另一方面**</u>是因為她的認真勤奮。

解說 姐姐成績好有兩個原因，它們同等重要。所以要用「一方面……另一方面……」把兩個原因連接起來。

答案 我的媽媽<u>**不是**</u>護士，而是醫生。

解說 護士和醫生是兩種不同的職業，一般情況下，不是同一個人兼任的。根據句子的意思判斷，「媽媽」應該是醫生，所以前半個句子中應用「不是……」。

解說 「那麼……那麼……」是一個固定的關聯詞搭配，多數用於抒發説話人強烈的感情。這個句子用這組關聯詞，來表達對雨後天空的喜愛之情。

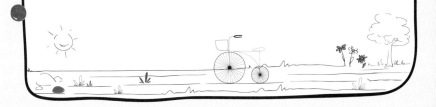

姐姐結束田徑隊集訓後回家，媽媽既高興，也心疼。

操場上，有的同學在打籃球，有時同學在玩遊戲。

姐姐是我的好朋友，而是我的小老師。

小兔躲在草叢中不能動，而不能發出聲音，否則就會被老虎發現。

6

答案 姐姐結束田徑隊集訓後回家，媽媽既高興，**又**心疼。

釋述 「既……又……」是固定搭配，表示高興和心疼兩種情緒同時存在，並沒有哪個更突出。

答案 操場上，有的同學在打籃球，**有的**同學在玩遊戲。

釋述 「有的……有的……」是固定的搭配，在描述很多人同時做出的行為時常常用到。

答案 姐姐是我的好朋友，**也**是我的小老師。

釋述 姐姐可以同時有兩種身份，「我的好朋友」和「小老師」。句子並沒有轉折相反的內容，所以應改用「是……也是……」。

答案 小兔躲在草叢中不能動，**也**不能發出聲音，否則就會被老虎發現。

釋述 「動」和「發出聲音」是小兔都不能做的事情，所以不應用「而」，應該用「也」來連接。

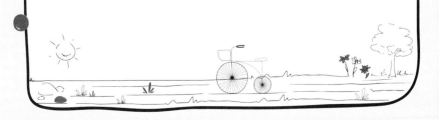

7

暑假的白天，哥哥有時候會去圖書館，有的會去打籃球。

她一會兒跑到門外，有時候從窗戶往外張望，一心等着媽媽回家。

這位女士是我的老師，不是我的媽媽。

他不是一名設計師，是一名建築工程師。

答案 暑假的白天，哥哥有時候會去圖書館，**有時候**會去打籃球。

標示 「有時候……有時候……」是一個固定的搭配。「有時候」說的是某些時間發生的事情，而「有的」則表示某些人或事物的狀態，不能混在一起使用。

答案 她一會兒跑到門外，**一會兒**從窗戶往外張望，一心等着媽媽回家。

標示 雖然「一會兒」和「有時候」都表示某些時間做的事情，但這兩者卻不能混在一起用。因為「一會兒」用在描述短時間內做的事，而「有時候」則用於描述長時間內做的事情。

標示 原句用「是……不是……」的關聯詞，說清楚了這位女士的身份。

答案 他不是一名設計師，**而是**一名建築工程師。

標示 「不是……而是……」是固定的搭配。而且，後面如果只用「是」連接下一個句子，就不能強調「建築工程師」這個正確的職業。

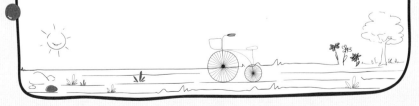

媽媽說我是個好孩子，爸爸又說我很懂事。

今晚的月光是多麼明亮，那麼溫柔！

合唱團不但奪取了校際比賽的冠軍，也準備參加即將在暑假舉行的世界合唱比賽。

地球上不但有氧氣，更有二氧化碳等其他氣體。

答案 媽媽説我是個好孩子，爸爸也説我很懂事。

解説 爸爸媽媽都認為「我」的表現好，兩者並沒有區別，所以用「也」。表示同樣重要的兩件事或情況，常用「也」字去連接，而「又」則往往需要與「既」字搭配在一起。

答案 今晚的月光是那麼明亮，那麼溫柔！

解説 「那麼……那麼……」是一個固定的關聯詞搭配，能抒發説話人強烈的感情。句子用這組關聯詞表達了對月光的讚美。

答案 合唱團不但奪取了校際比賽的冠軍，還準備參加即將在暑假舉行的世界合唱比賽。

解説 用了「不但……還……」，説明合唱團的成績很好，在影響力相對比較小的校際比賽拿到冠軍以後，還準備參加影響很大的世界級比賽。「還」後面的內容比前一句的內容更加重要。

答案 地球上不但有氧氣，而且還有二氧化碳等其他氣體。

解説 「不但……而且……」用於表示更進一層的意思。我們都知道地球上要有氧氣人類才能生存，但實際上大氣中並不止這一種氣體。「而且還有」告訴我們其他更多氣體的存在。「不但」一般不與「更」搭配。

飛人保特不但取得了奧運會短跑冠軍，又打破了男子短跑的世界紀錄。

你不但不反省自己的錯誤，而是責怪其他人，實在令我太失望了。

霧太大了，司機連前面的車還看不清。

她不僅能彈鋼琴，而且更能彈得很好。

答案 飛人保特不但取得了奧運會短跑冠軍，<u>還</u>打破了男子短跑的世界紀錄。

解說 「不但」後面應該搭配有「更進一層」意思的字，「又」只表示同等程度，所以不對。用「不但……還……」，則能引出比取得奧運會冠軍更有價值的事情——打破世界紀錄。

答案 你不但不反省自己的錯誤，<u>反而</u>責怪其他人，實在令我太失望了。

解說 一個人做錯事後不反省，這已經很不應該，而責怪其他人是更不應該做的事情，所以要用「不但……反而……」，如果用「而是」，則無法表達更進一層的意思。

答案 霧太大了，司機連前面的車<u>也</u>看不清。

解說 「連……也……」是固定的搭配，在句子中表示最應該看得清楚的「前面的車」現在也看不見了，說明了霧的濃厚程度。「還」字不與「連」搭配在一起。

答案 她不僅能彈鋼琴，而且<u>還</u>能彈得很好。

解說 會彈鋼琴是第一層能力，彈得很好則是更高一層的能力，所以要用「不僅……還……」這對關聯詞組。雖然「更」也有進一步的意思，但卻不能與「不僅」搭配在一起。

別說她不答應，是我也不會答應讓你去做這件事。

不單飲料，這些食物全部也是我喜愛的。

這樣的產品質量，連我這關都不能通過，甚至是一向嚴格的廠長？

現在已經很晚了，並且明天又要很早起牀，你還是快點睡覺吧！

答案 別説她不答應，**連**我也不會答應讓你去做這件事。

釋題 句子中説的這件事情是大家都反對「讓你」去做的。「連我也不答應」意思就是不止她一個人反對，這就比只説「她不答應」更進了一層。用「是」無法表達出這種意思。

答案 不單飲料，這些食物**也**全部是我喜愛的。

釋題 「全部也是」常常出現在粵語的口語中，但實際上正確的順序應該是「也全部是」。

答案 這樣的產品質量，連我這關都不能通過，**何況**是一向嚴格的廠長？

釋題 句子的意思應該是廠長的要求比我更嚴格。前半句用「連……」，後半句是問句的時候，不用「甚至」這個關聯詞，應用「何況」，把廠長更嚴格的這個意思表達出來。

答案 現在已經很晚了，**況且**明天又要很早起牀，你還是快點睡覺吧！

釋題 「明天要早起」是一個更需要快點睡覺的原因，所以不能用「並且」，而要用「況且」或者「何況」。

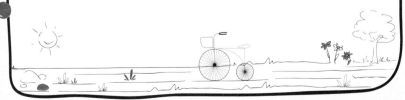

五年來，這個城市沒有很好地發展，有的地方而且比從前更差。

別說是你，更是我都被嚇了一跳。

聽到消防隊員犧牲的消息，大家都很傷心，更加是那名隊員的媽媽。

老師帶給孩子們的不是有知識，更有對人生的啟發。

答案 五年來，這個城市的經濟沒有很好地發展，有的地方甚至比從前更差。

釋題 因為句子後面說「比從前更差」，用「而且」這個關聯詞就無法表達出「更差」的感覺，所以要用「甚至」。

答案 別說是你，連我都被嚇了一跳。

釋題 「別說」後面的句子往往是與「連」字這個關聯詞搭配在一起，表達程度更進一層的意思。

答案 聽到消防隊員犧牲的消息，大家都很傷心，尤其是那名隊員的媽媽。

釋題 雖然「更加」也能表示進一步的意思，但因為要指出的是某個人物，所以應該用「尤其」。「更加」後應該描述某件事情的狀況、程度，而不是直接指出人物。

答案 老師帶給孩子們的不光有知識，更有對人生的啟發。

釋題 老師教孩子學習知識是最基本的職責，而對人生的啟發則令孩子有更多收穫。所以句子後半部分用「更」字作為關聯詞，前半句就不應該用「不是」了，而應該用「不光」、「不但」等詞語。

每天，來到天安門廣場參觀的不限有中國遊客，還有來自世界各地的外國遊客。

這項技術是中國科學家的研究成果，況且在這個領域中屬於世界頂尖的水平。

請為這位客人送上熱毛巾，而且為他準備好房間。

傷者被送進深切治療部，連家人都不能進去探望，更況且是你呢！

答案 每天，來到天安門廣場參觀的**不只**有中國遊客，還有來自世界各地的外國遊客。

釋疑 「不只……還有……」是一個固定的關聯詞搭配，「不限」後面一般只能加名詞，不能說「不限有……」。

答案 這項技術是中國科學家的研究成果，**而且**在這個領域中屬於世界頂尖的水平。

釋疑 後半句是對中國科學家的研究成果的補充說明，「屬於世界頂尖水平」是一種高度評價，所以應該用表示更進一層的「而且」去連接。

答案 請為這位客人送上熱毛巾，**並且**為他準備好房間。

釋疑 送上熱毛巾和準備好房間，都是需要為客人做的，沒有哪一項更重要，所以應用「並且」去連接前後兩個句子，而不應用「而且」。

答案 傷者被送進深切治療部，連家人都不能進去探望，**更何況**是你呢！

釋疑 「況且」後的內容雖然也有更進一層的意思，但多數是作補充說明。這句話用「更何況……」，更適宜於表達任何人都不能進去探望傷者的意思。

櫃子裏的玩具，不是被弟弟扔到地上，也是被拆到七零八落。

放學後，我們不是去圖書館溫習，就是約上同學去打籃球。

我寧可被媽媽責罰，還不願意說謊欺騙她。

到底是飯前吃水果好，而是飯後吃水果好呢？

答案 櫃子裏的玩具，不是被弟弟扔到地上，**就是**被拆到七零八落。

解說 「不是……就是……」表達了玩具的兩種狀態。對於櫃子裏的同一個玩具來說，它只能有兩種狀態，而且兩種狀態是不會同時出現的：一是被「扔到地上」，二是被「拆到七零八落」。

解說 去圖書館溫習，約同學打籃球，是「我們」常做的兩件事，所以要用「不是……就是……」來連接。

答案 我寧可被媽媽責罰，**也**不願意說謊欺騙她。

解說 我說真話會被媽媽責罰，說謊欺騙媽媽則不會被責罰。而「我」選擇了不說謊。「寧可……也……」是表示選擇關係的一組關聯詞。

答案 到底是飯前吃水果好，**還**是飯後吃水果好呢？

解說 「是……還是……」表示從兩種做法之間做選擇。「而是」則帶有否定前半句話，肯定下半句的意思，不符合句子原意，不能用在這裏。

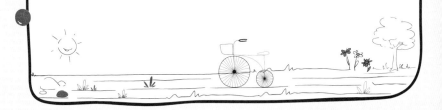

與其在家無所事事，你還可以去參加義工活動，令假期過得更有意義呢！

你要買禮物送給爺爺，或者選茶葉，或選按摩器，都是不錯的選擇。

要是前進，要是後退，你一定要做出決定！

弟弟寧可呆在家裏玩電子遊戲，都要去海邊游泳。

答案 與其在家無所事事，你**不如**去參加義工活動，令假期過得更有意義呢！

釋述 「與其……不如……」表示可選擇在家無所事事，也可以選擇參加義工活動。「與其」不能與「還」搭配在一起。

答案 你要買禮物送給爺爺，或者選茶葉，**或者**選按摩器，都是不錯的選擇。

釋述 要表達選擇甚麼禮物給爺爺，可以用「或者……或者……」，也可以用「或……或……」，這兩個都是固定搭配，但卻不能混在一起用。

答案 **要麼**前進，**要麼**後退，你一定要做出決定！

釋述 「要麼……要麼……」也是一個固定的搭配，表示在二者中選擇其一。「要麼」不能與「要是」搭配在一起。

答案 弟弟寧可呆在家裏玩電子遊戲，**也不要**去海邊游泳。

釋述 在家裏玩電子遊戲和去海邊游泳是不能同時進行的，只能在二者中選其中一個。所以應該用「寧可……也不要……」，而不能用「都要」表示兩者都選。

我們是搭巴士去好，或是搭的士去好呢？

你們在這裏等待消息，不如直接去問問老師吧！

你要麼現在就走，或是在這裏住一晚，再等下去就沒有去市區的輪船了！

這裏收留的人，不是無家可歸，還是有家不能回，這裏就是他們的家。

答案 我們是搭巴士去好，**還是**搭的士去好呢？

解說 搭巴士和搭的士，是兩個不同的選擇。用在問句裏，用「是……還是……」比較合適。

答案 你們**與其**在這裏等待消息，不如直接去問問老師吧！

解說 前半句中缺少了關聯詞，與後半句的聯繫就不夠緊密了。所以應該加上「與其」，用「與其……不如……」把前後句子連起來。

答案 你要麼現在就走，**要麼**在這裏住一晚，再等下去就沒有去市區的輪船了！

解說 「現在就走」，「在這裏住一晚」，兩者必須要選其一。「要麼……要麼……」是一個固定的搭配，不能用「要麼」和「或是」搭配在一起。

答案 這裏收留的人，不是無家可歸，**就是**有家不能回，這裏就是他們的家。

解說 有的人無家可歸，有的人有家不能回，所以他們才留在這裏。用「不是……就是……」可以把人們留在這裏的兩種原因都列出來，但如果用了「還是」，句意就會變成是在兩種原因間選擇其中一種了。

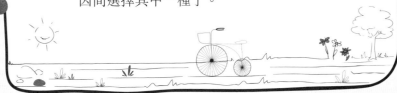

繼續讀大學，去找工作，你選一條路吧！

我們吃午飯可以去茶餐廳，又去日本料理店。

或高興，或激動，人們的臉上有各種不同的表情。

儘管媽媽用盡了力氣，就還是提不起那桶水。

答案 我們吃午飯可以去茶餐廳，**或者**去日本料理店。

解說 我們吃午飯時只能去一個地方吃，所以茶餐廳和日本料理店只能選其中之一。所以關聯詞應該用「或者」，而不能用「又」。

答案 **是**繼續讀大學，**還是**去找工作，你選一條路吧！

解說 如果沒有「是……還是……」這對關聯詞，句子的意思就沒法說清楚：前半句可理解成先後完成兩件事，後半句卻說「你」要選擇。如果用上關聯詞，就不會引起別人誤會了。

解說 「或……或……」表達了各種不同的情緒同時存在，不同的人臉上有不同的表情。

答案 儘管媽媽用盡了力氣，**可**還是提不起那桶水。

解說 「就」字往往引出由上半句行為發展而來的結果。但實際上媽媽卻沒能提起那桶水，情況與猜想的發生轉折，所以句子要用「可」字連接。

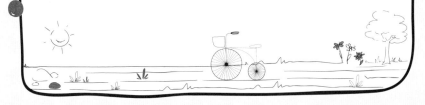

雖然天氣很冷，他竟然只穿一件衣服就去上班了。

雖然我明白這些道理，而還是把事情做錯了。

我從來沒去過這個餐廳，而平常總聽姐姐說起它，已經很熟悉了。

我喜歡各種運動，妹妹可喜歡看書聽音樂，我們兩個人的性格愛好完全不一樣。

答案 雖然我明白這些道理，但還是把事情做錯了。

釋述 「而」字可以連接意思相反的內容，但通常不與「雖然」搭配在一起。要表達轉折的意思，「雖然」通常與「可是」、「可」、「但是」等等搭配在一起。

答案 雖然天氣很冷，可是他竟然只穿一件衣服就去上班了。

釋述 前半句中有「雖然」這個詞，後半句中應該加上「可是」，表示「他」穿的衣服與前半句中提到的天氣情況不搭配。

答案 我從來沒去過這個餐廳，可是平常總聽姐姐說起它，已經很熟悉了。

釋述 「從未去過餐廳」同「已經很熟悉」是意思相反的內容，中間要用帶有轉折意思的詞語連接。「而」字除了轉折，還有順着前句推理下去的意思，容易讓句子含義變得模糊。用「可是」就令句意十分清楚了。

答案 我喜歡各種運動，妹妹卻喜歡看書聽音樂，我們兩個人的性格愛好完全不一樣。

釋述 「可」作為關聯詞一般都要放在人的前面，所以雖然它和「卻」字都有轉折的意思，但原句「可」字在「妹妹」後，位置不對。在「妹妹」後應用「卻」字。

人們一直在這裏安居樂業，雖然，當氣候越來越暖，這裏的環境就有了大變化。

不說冰箱裏的溫度很低，但細菌還是能生存下去。

她本來確定會出席會議，況且因為沒趕上飛機，最後還是缺席了。

認真的學習態度既然是取得好成績最主要的原因，可是正確的學習方法也很重要。

答案 人們一直在這裏安居樂業，**然而，**當氣候越來越暖，這裏的環境就有了大變化。

釋述 前半句說的是人們安居樂業，後半句說環境有了大變化，句子意思發生了轉折，所以應該用帶有轉折意思的關聯詞。

答案 **雖說**冰箱裏的溫度很低，但細菌還是能生存下去。

釋述 前半句的意思是不考慮冰箱溫度低這個條件。但實際上句子就是要表達在冰箱溫度低的情況下細菌還能生存，所以不能用「不說」，而應用「雖說」。

答案 她本來確定會出席會議，**不過**因為沒趕上飛機，最後還是缺席了。

釋述 「她」本來確定的事情到最後沒有完成，句子前後部分的內容是意思相反的，所以中間要用表達轉折的關聯詞去連接。

答案 認真的學習態度**固然**是取得好成績最主要的原因，可是正確的學習方法也很重要。

釋述 「既然」這個關聯詞用在前半個句子中通常表示提出條件，後半句就是從這個條件推論出來的結果。在這個句子中，前半句並不是後半句內容的條件，所以不能用「既然」，而應用「固然」或「雖然」。

他在學校一直是個很普通的學生，只是他這一次在機器人大賽上的表現卻相當出色。

姐姐很早就回到家了，就一直看書到很晚才去睡覺。

外公最疼愛的就是姐姐，於是，姐姐的行為讓他太失望了。

剛剛入讀一年級的小明，好不容易才適應了小學的學習生活，甚至，這僅僅是求學生涯的開始。

答案 他在學校一直是個很普通的學生，**然而**，這一次他在機器人大賽上的表現卻相當出色。

釋疑 平時表現普通的學生在比賽上很出色，這是相反的兩種情況。「只是」表達轉折的意思比較委婉，「然而」則顯得直白肯定。在比賽上表現出色是很值得表揚的事情，所以用「然而」更適合。

答案 姐姐很早就回到家了，**卻**一直看書到很晚才去睡覺。

釋疑 「就」字用作關聯詞連接句子時，常常引出按前半句意思發展而來的內容。而姐姐早回家和很晚才去睡覺，並不是順理成章發展的內容，所以該用「卻」去表示內容有轉折的發展。

答案 外公最疼愛的就是姐姐，**只是**，姐姐的行為讓他太失望了。

釋疑 「於是」引出的往往是事情的結果。外公疼愛姐姐，姐姐卻讓外公很失望，兩句的意思恰恰相反，所以該用帶有轉折意味的「只是」。

答案 剛剛入讀一年級的小明，好不容易才適應了小學的學習生活，**不過**，這僅僅是求學生涯的開始。

釋疑 原句的後半句並沒有更進一層的意思。前半指完成了一項任務，但後半句卻說是個開始，意思上有了轉折，所以用「不過」更好。

我很想去遊樂場，又一想到妹妹還在發燒，就決定留在家裏了。

即使姐姐已經很餓，但是為了減肥，她仍然忍着不吃東西。

我無論是班長，但也不能要求所有人都同意我的意見。

我去到美玲家，美玲但已經出發去我家了。

答案 我很想去遊樂場，**可**一想到妹妹還在發燒，就決定留在家裏了。

解說 去遊樂場和留在家是相反的兩個決定。想到妹妹在發燒，並不是我想去遊樂場的理由，而且句子前後兩部分不是並列的關係，所以要用表示轉折的關聯詞「可」。

答案 **儘管**姐姐已經很餓，但是為了減肥，她仍然忍着不吃東西。

解說 「儘管……但是……」是一個固定的關聯詞配搭。句子後半句是說姐姐為了減肥不吃東西，前半句說她很餓，意思上有了轉折，應該用表示轉折關係的關聯詞連接起來。

答案 我**雖然**是班長，但也不能要求所有人都同意我的意見。

解說 「我」是班長，這是一個肯定的表達，並沒有其他的可能性，所以不可以用「無論」這個表示各種條件的詞。句子應該用表達轉折的「雖然……但……」來連接前後兩部分。

答案 我去到美玲家，美玲**卻**已經出發去我家了。

解說 「但」字作為關聯詞，一般不放在人物後面。在這個句子中，用「卻」字表達轉折的意思更好，句子會更流暢。

你說的固然有道理，而且她說的也沒錯啊！

你一直以來都做得很好，還是最近怎麼總是出錯呢？

農民們耕種勞動非常辛苦，而是農田的收成並沒有因此而變多。

東東雖說是哥哥，但他的膽子還比不上弟弟。

答案 你説的固然有道理，**然而**她説的也沒錯啊！

釋疑 原句前後兩部分帶有轉折的意味，表達出「你」和「她」説的話都合理的意思。所以不應該用表達更進一層意思的「而且」。

答案 你一直以來都做得很好，**可是**最近怎麼總是出錯呢？

釋疑 「你」最近做事總是出錯，是與平常的情況相反的，所以應該用「可是」。「還是」這個關聯詞常常用於表達選擇，或表達句子內容順着推理下去的關係。

答案 農民們耕種勞動非常辛苦，**只是**農田的收成並沒有因此而變多。

釋疑 句子裏，農田的收成結果與農民作出的努力是相反的。「而是」雖然可以表達轉折的意思，但因為前半句中並沒有「不是……」這個與它固定搭配的關聯詞，所以改為「只是」比較合適。

釋疑 人們常常認為哥哥膽子應該比弟弟大，但這個句子中的情況卻相反。所以後半句用上了「但」這個引出與前半句句意相反內容的關聯詞。

連接句子的「大功臣」

小宇發現在說話的時候，如果只用單個句子，常常不能把自己的意思說清楚。而如果用一些特別的詞語把意思相關的句子連接起來，他就能把話說得更明白了。

其實，這些詞語就是**「關聯詞」**，它們是連接句子的「大功臣」呀！

比如這樣的兩個句子：

爸爸讓我溫習課文。爸爸讓我做功課。

這兩句話，既讓人覺得囉嗦（兩句話都有「爸爸讓我」），也無法令人明白事情的先後順序。而用上表示先後順序的關聯詞以後，整個句子可不一樣了：

爸爸讓我**先**溫習課文，**然後**才做功課。

看看，這句話是不是很簡潔，意思也表達得很清楚呢？

休憩站

1

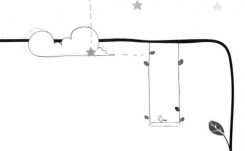

又比如下面這兩個句子：

我在鋼琴比賽前沒有認真練習。我在鋼琴比賽中沒有獲獎。

再看看下面這個句子，它加入了表示原因和結果的關聯詞：

因為我在鋼琴比賽前沒有認真練習，**所以**在比賽中沒有獲獎。

用了**關聯詞**的句子，表達的意思更準確了，而且還幫助「我」表達出對自己沒有認真練習的後悔。

看來，關聯詞對我們說話、寫文章真是太重要了！小宇表示一定要學好關聯詞，你也來和小宇比賽，看誰學得更好，好嗎？

很多關聯詞是一對對的好朋友，可是小宇卻不小心把它們都拆散了。你能和小宇一起把它們重新組合，用線條連起來嗎？

休憩站

1

有的	但是
只要	才（不）
只有	又
除非	不是
既	就
不是	而且
是	才
不僅	而是
雖然	有的

➡️ 答案在書末

媽媽說就算明天天氣好，就帶我們到郊外騎單車。

即使一切可以重來一次，我也會作出同樣的選擇。

要是這場大雨還不停下來，所以我們肯定不能去看電影了！

無論敵人再兇惡，我們也絕不會屈服！

答案 媽媽説**如果**明天天氣好，就帶我們到郊外騎單車。

解挑 明天的天氣好不好，今天還不能知道真實的情況。所以句子的前半句，屬於猜想、假設的內容，應該用上「如果」這個關聯詞。

答案 **假如**一切可以重來一次，我也會作出同樣的選擇。

解挑 發生過的事情怎能重來？所以，前半句話説的是一種假想的情況，應該用「假如」。「即使」是引出事情的條件的關聯詞。

答案 要是這場大雨還不停下來，**那麼**我們肯定不能去看電影了！

解挑 「要是……那麼……」是一個固定的搭配，主要用來描述假設一種情況發生，就會出現某種結果的內容。「所以」這個關聯詞，只用於連接表現原因和結果的關係的內容。

答案 **就算**敵人再兇惡，我們也絕不會屈服！

解挑 句子前半部分設想了敵人非常兇惡的情況。從前後句子看，應該用「就算……也……」這組關聯詞。如用「無論」，前半句應説為「無論敵人如何／怎樣兇惡」。

哪怕這場比賽法國隊一個球都沒進，他們還能捧走冠軍獎杯。

不論他有數不清的缺點，你也不能放棄，一定要把他教好。

既然你不說，我也會把事情做好。

媽媽說，比如我沒有按時完成作業，就不能看電視。

哪怕這場比賽法國隊一個球都沒進，他們<u>也</u>能捧走冠軍獎杯。

「哪怕……也……」是一個表達猜想、假設情況的固定的關聯詞搭配。「還」往往引出的是更進一層意思的句子內容，不能與「哪怕」搭配在一起。

<u>縱使</u>他有數不清的缺點，你也不能放棄，一定要把他教好。

當句子內容只描述了一種情況時（「他有數不清的缺點」），前面的關聯詞就不能用「不論、無論、不管」這幾個詞，它們都應該與「怎樣、如何、怎麼」搭配使用。而「縱使」同「即使」的意思一樣，可以用來引出假設的內容。

<u>即使</u>你不說，我也會把事情做好。

「既然」後面的內容，通常都是已經成為了事實的。而「即使」後面的內容，則是假設猜想中的。按原句的意思，應該用「即使……也……」。

媽媽說，<u>如果</u>我沒有按時完成作業，就不能看電視。

「比如」是用於引出例子、打比方時的詞語，並不能與表示假設的句子內容搭配，所以要改為「如果」。

你不來，我不參加這次聚會了。

你只改正一個小小的壞習慣，對媽媽來說也是很大的進步。

你只有再不聽話，爸爸就要生氣了！

天氣不太熱，我們會去郊遊。

要是你不來，我**就**不參加這次聚會了。

原句沒有連接前後兩部分的關聯詞，讀起來很不流暢，也會令人搞不清楚：到底「你」來了還是沒來呢？加上「要是……就……」這組關聯詞，句子的意思就很清楚了。

哪怕你只改正一個小小的壞習慣，對媽媽來説也是很大的進步。

前半句沒有了關聯詞，句子意思變得模糊，容易令人理解為媽媽對「你」改正了一個小小的習慣不滿意。而實際上句子的意思恰好相反。所以應該加上「哪怕」，令前後兩半句子意思統一。

你**要是**再不聽話，爸爸就要生氣了！

這句話要表達的意思是假設「你」再這樣不聽話，爸爸就將會生氣了，應該用「要是……就……」這組關聯詞。「只有」與「才」常搭配在一起，而不與「就」搭配。

假如天氣不太熱，我們**就**會去郊遊。

原句沒有用上關聯詞，句子顯得很生硬。用了「假如……就……」連接前後句子，句子意思就顯得很清楚，讀起來也很順暢。

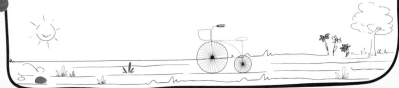

假使沒有他們的幫忙，我們是無法在短時間內去到安全的地方。

就算這次任務失敗了，我又會繼續努力，爭取下一次做得更好。

縱使你是政府官員，都必須遵守法律。

這次比賽成績很好，你也不能驕傲呀！

答案 假使沒有他們的幫忙，我們**便**無法在短時間內去到安全的地方。

揭示 前半句猜想了「沒有他們幫忙」這種情況，後半句應該是這種情況發生之後的情形。句子欠缺了一個與前半句連接的詞語。將「是」改用「便」字，句子便通順了。

答案 就算這次任務失敗了，我**仍然**會繼續努力，爭取下一次做得更好。

揭示 「就算……仍然……」才是正確的關聯詞搭配，前半句表達假設的情況，後半句表達這種情況下「我」會做的事情。

答案 縱使你是政府官員，**也**必須遵守法律。

揭示 「縱使」一般不與「都」搭配在一起，應該用「也」。

答案 **即使**這次比賽成績很好，你也不能驕傲呀！

揭示 前半句沒有用上關聯詞，後半句中的「也」字就會顯得很突兀，也不通順。所以應該在前半句加上「即使」。

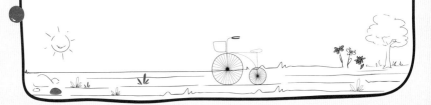

倘若我不是剛好經過，老爺爺還已經失去生命了。

無論在最差的情況下，他也會想到解決問題的辦法。

不但是一個小小的孩子，也懂得要尊重別人的道理。

爸爸一回到家就打開電腦繼續工作。

答案 倘若我不是剛好經過，老爺爺<u>便</u>已經失去生命了。

解說 「倘若」的用法與「如果」一樣，都表示假設的情況。在後半句，就應該用上引出結果的關聯詞「便」字。

答案 <u>即便</u>在最差的情況下，他也會想到解決問題的辦法。

解說 「無論」後引出的是不確定的情況。「在最差的情況下」是一個確定的描述，所以不應用「無論」，而應用「即便」。

答案 <u>就算</u>是一個小小的孩子，也懂得要尊重別人的道理。

解說 原句後半句並沒有更進一層的意思，所以前半句不能用「不但」。按句子的原意，應該用表示假設關係的關聯詞「就算……也……」。

解說 爸爸回到家，爸爸打開電腦繼續工作，句子強調這兩件事情是連續發生的，所以要用「一……就……」這組關聯詞去連接。

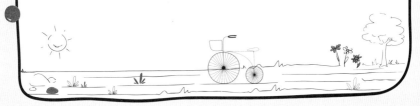

弟弟一哭，媽媽都不知道該怎麼辦才好了。

我首先把米洗乾淨，後來再放到電飯煲裏煮。

姐姐寫作文時總是先想好大綱就下筆。

曉梅考試得了100分，爸爸才買了一個芭比娃娃作為給她的獎勵。

答案　弟弟一哭，媽媽**就**不知道該怎麼辦才好了。

提示　弟弟哭，媽媽不知道怎麼辦，都是接連發生的事情，間隔時間很短，所以還是要用「一……就……」。

答案　我首先把米洗乾淨，**然後**再放到電飯煲裏煮。

提示　「首先……然後……」是表現先後次序的關聯詞。「後來」引出的內容往往是事情的結果，不符合句子的意思。

答案　姐姐寫作文時總是先想好大綱**才**下筆。

提示　「先……才……」是固定的搭配，這組關聯詞常常用在發生的先後間隔時間不太緊密的事情上，而且強調了前後兩句順序不可調換。

答案　曉梅考試得了 100 分，**於是**爸爸買了一個芭比娃娃作為給她的獎勵。

提示　如果用「才」這個關聯詞連接後半句，原句就有考了 100 分才能買玩具的意思。用「於是」，則沒有這種強迫的感覺，而是從事情發展的先後上順接下來。

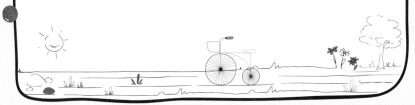

53

俄羅斯運動員走過主席台後，於是，中國的運動員也走向了主席台。

你要先保證自己的身體健康，就能照顧好生病的媽媽。

總經理確認相關的人都到齊了，後來開始宣讀公司的決定。

我在商場等了半個小時還沒見到她，才打電話問她到底在哪裏。

答案 俄羅斯運動員走過主席台後，**接着**，中國的運動員也走向了主席台。

釋疑 中國運動員跟在俄羅斯運動員後面走向主席台，這裏沒有原因和結果的關係，所以不應用「於是」，而應該用「接着」。

答案 你要先保證自己的身體健康，**才**能照顧好生病的媽媽。

釋疑 保證自己的身體健康，照顧好生病的媽媽，是事理上順接下去發展的關係。而且，身體健康是照顧別人的一個重要條件，用「先……才……」這組關聯詞，能強調這個條件和結果的先後關係。

答案 總經理確認相關的人都到齊了，**接着**，便開始宣讀公司的決定。

釋疑 人到齊了才開始宣讀文件，這是事情順接發生的合理的順序。所以前後句應該用「接着」連接。「後來」引出的常常是時間間隔比較長的事情，或者是某件事情的結局。

答案 我在商場等了半個小時還沒見到她，**於是**便打電話問她到底在哪裏。

釋疑 因為等「她」的時間長，所以「我」打電話給她。前後兩句話中除了時間上順接下去，還有原因和結果的關係，所以用「於是」更適合。

爸爸一下飛機後直接來到學校接我回家。

每天放學回家，我都是一邊吃點水果一邊才做功課的。

姐姐去到健身房後接着馬上開始跑步。

我接着把課文朗讀了五次，然後嘗試把它背出來。

答案 爸爸一下飛機**就**直接來到學校接我回家。

解說 「一⋯⋯就⋯⋯」表明時間連接得非常緊密，能表現出爸爸急着想接我回家的心情。「就」能表現出事情很快發生，但「後」則不可以。

答案 每天放學回家，我都是**先**吃點水果，**然後**才做功課的。

解說 「一邊⋯⋯一邊⋯⋯」表示兩件事是同時進行的。但從句子意思來看，吃水果和做功課應該是先後進行，所以應該用「先⋯⋯然後⋯⋯」。

答案 姐姐去到健身房後**便**馬上開始跑步。

解說 雖然「接着」與「便」在句子中都能連接先後發生的事情，但「便」字用在這裏會令句子顯得更簡潔，兩件事情連接得更緊密。

答案 **首先**，我把課文朗讀了五次，然後嘗試把它背出來。

解說 把課文朗讀五次是「我」先做的事情，不能用「接着」，應該用「首先」。

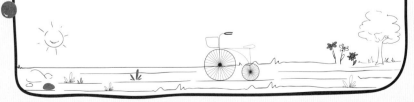

夏天的城市，一到中午然後熱得像在火上烤着似的。

媽媽炒菜時，總是一放油到鍋裏加熱，就放青菜，然後才翻炒一段時間。

姐姐很不讚同哥哥的說法，她才到處查資料想證明哥哥是錯的。

每個小寶寶都是學會翻身，學會站，學會爬，學會走路的。

答案 夏天的城市，一到中午**就**熱得像在火上烤着似的。

釋疑 「一……就……」表明時間連接得非常緊密，而「然後」則沒有這種意味，而且它不能直接與「一……」搭配在一起。

答案 媽媽炒菜時，總是**先**放油到鍋裏加熱，**再**放青菜，然後才翻炒一段時間。

釋疑 我們知道，炒菜時要先把油加熱一會兒才放青菜。「一……就……」強調兩個動作緊接着馬上進行，不符合現實。應該用只強調動作先後順序的「先……再……」。

答案 姐姐很不讚同哥哥的説法，**於是**到處查資料想證明哥哥是錯的。

釋疑 姐姐到處查資料是因為她不讚同哥哥的説法，前後句子之間除了體現事情先後承接的順序，前半句更是後半句的原因，所以應用「於是」。

答案 每個小寶寶都是**首先**學會翻身，**接着**學會爬，**然後**學會站，**最後才**學會走路的。

釋疑 原句沒有加入顯示先後順序的關聯詞，令句子意思模糊不清，所以應該加上「首先」、「接着」、「然後」、「最後」這些關聯詞，令句子完整表達出嬰兒動作發展的順序。

弟弟起牀後刷牙，吃早餐，上學去。

只有你認真做好準備，就不用擔心考試不及格。

只要多看書，多練習寫作，你的語文水平就會慢慢提升。

如果你在早上七點前出發，才能趕得及在九點前到達廣州。

弟弟起牀後**先**刷牙，**再吃**早餐，**然後**上學去。

原句沒有加入顯示先後順序的關聯詞，令句子顯得生硬不流暢。加入「先」、「再」、「然後」等關聯詞，就能講清楚弟弟早上上學前先後所做的事情。

只要你認真做好準備，就不用擔心考試不及格。

用「只有……才……」表示「認真做好準備」是「不用擔心考試不及格」唯一必須有的條件；用「只要……就……」表示「認真做好準備」是後句的重要條件，但卻並沒有唯一的意思。這句話應該用「只要……就……」。

多看書，多練習寫作，是語文水平慢慢提高的重要條件。用「只要……就……」能恰當地表現這種關係。

除非你在早上七點前出發，才能趕得及在九點前到達廣州。

在早上七點前出發，是在九點前到達廣州的必須具備的條件，在其他時間出發都無法做到。要表達出這種關係，應該用「除非……才……」。

只有保持充足的體力，你就能完成這次馬拉松賽跑。

不管天氣怎樣變化，我們能為客戶提供優質的服務。

只要你誠懇地向小玲道歉，她才一定會原諒你。

無論你最後選擇哪一家學校，媽媽就會支持你！

答案 只有保持充足的體力，你**才**能完成這次馬拉松賽跑。

解說 保持充足的體力是完成馬拉松賽跑的唯一必須具備的條件，所以要用「只有⋯⋯才⋯⋯」這組固定搭配的關聯詞。

答案 不管天氣怎樣變化，我們**都**能為客戶提供優質的服務。

解說 前半句提到的天氣條件，意思包含了各種天氣變化，所以後半句要用「都」或「也」作為連接的關鍵詞。

答案 只要你誠懇地向小玲道歉，她**就**一定會原諒你。

解說 雖然誠懇地道歉並不是別人原諒你的唯一條件，卻也很重要。所以句子應該用「只要⋯⋯就⋯⋯」，這是一個固定的搭配。

答案 無論你最後選擇哪一家學校，媽媽**都**會支持你！

解說 因為前半句中提到的學校並不確定，後半句的關聯詞就應該用「都」。「無論⋯⋯都⋯⋯」是一個固定的關聯詞搭配，表示在各種情況下都會有同一個結果。

只有明天下雨，那麼這次親子運動會就要改期了。

不管發生甚麼事情，你才要保持鎮定。

即使我從沒去過北京，在網上就經常看到它的美麗圖片。

要是你一點都沒有出錯，才可能在考試中得到滿分。

答案 <u>要是</u>明天下雨，那麼這次親子運動會就要改期了。

解說 要表達明天是否下雨是親子運動會是否改期的條件，需要用適當的關聯詞連接。「只有」應該與「才」搭配。而明天是否下雨現在還不能確定，所以這個條件是需要猜想的，句子應該用「要是……就……」。

答案 不管發生甚麼事情，你<u>也</u>要保持鎮定。

解說 「不管」後面引出了可能出現各種情況的內容，後半句要用「都」或「也」等詞連接。句子應改用「不管……也……」。

答案 即使我從沒去過北京，<u>也經常</u>在網上看到它的美麗圖片。

解說 「即使……也……」是一個固定的搭配，而且「經常」是形容在網上看到北京圖片的頻率很高，應該放在「在網上」前面。

答案 <u>除非</u>你一點都沒有出錯，才可能在考試中得到滿分。

解說 「一點都沒有出錯」是在考試中得到滿分必須具備的唯一的條件，所以不能用「要是」，而應該用「除非……才……」這組關聯詞。

要是你生病了，就怎能代表香港參加亞運會呢？

盡管媽媽怎樣解釋，妹妹都不肯聽。

即使別人怎麼說，他就是堅持不肯離開戰鬥前線。

無論你的成績再好，也不能驕傲。

答案 **要是**你生病了，**那麼**怎能代表香港參加亞運會呢？

釋疑 「要是⋯⋯就⋯⋯」用在肯定的句子中，這裏的後半句是問句，所以不能用「就」字，而應該用「要是⋯⋯那麼⋯⋯」的搭配。

答案 **無論**媽媽怎樣解釋，妹妹都不肯聽。

釋疑 「無論⋯⋯都⋯⋯」表達了事情在不同情況下會有同一個結果。而「儘管」後面引出的一般只是同一種情況，不能與「都」搭配在一起。

答案 **任憑**別人怎麼說，他**就是**堅持不肯離開戰鬥前線。

釋疑 「別人怎麼說」包含了多種不同的可能，不能與「即使」搭配。「任憑」的意思與「無論、不管」等相同，可以用在這個句子裏。

答案 **即使**你的成績再好，也不能驕傲。

釋疑 「你的成績再好」是一個確定的條件，並沒包含不同的可能，不應與「無論」搭配。句子應該用「即使⋯⋯也⋯⋯」這組關聯詞。

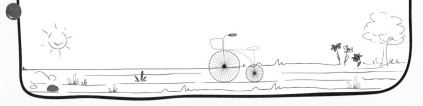

67

小妹妹只有一聽到美妙的音樂聲，就會馬上安靜下來。

即使我將來去到哪裏，都會永遠記住我是中國人。

不說是運動員還是藝術家，都要通過不斷苦練才能獲得好成績。

只要我們全家人齊心合力，才一定能戰勝各種困難。

答案 小妹妹**只要**一聽到美妙的音樂聲，就會馬上安靜下來。

解說 「只要……就……」表示聽到美妙音樂聲是小妹妹安靜的重要的條件，卻並不唯一。所以句子不應用「只有」，而且「只有」通常與「才」搭配在一起。

答案 **不管**我將來去到哪裏，都會永遠記住我是中國人。

解說 「即使」後引出的是一種確定的情況，而「將來去到哪裏」卻是不確定的說法，所以句子不能用「即使」，應該用「不管……都……」來表示各種條件下「我都會記住我是中國人」。

答案 **不論**是運動員還是藝術家，都要通過不斷苦練才能獲得好成績。

解說 「不說」往往與能帶出表達意思更進一層的關聯詞搭配。而這句話要表達的是在兩種條件下，都要苦練才能出好成績的結論，所以前面應該用「不論」這個引出條件的關聯詞。

答案 只要我們全家人齊心合力，**就**一定能戰勝各種困難。

解說 「只有……才……」和「只要……就……」都能表達前半句是後半句的條件。但兩者不能混在一起用。「全家人齊心合力」並不是「戰勝各種困難」的唯一條件，所以這個句子用「只要……就……」更恰當。

69

這個故事實在太精彩，接着我完全被迷住了，連飯都忘記了吃。

這件事情本來就不是她的錯，你就不能責怪她。

於是河水氾濫，這條小橋在幾天前就被沖毀了。

將軍之所以還不能下決定，是因為仍然在等關於敵軍位置的準確情報。

答案 **因為**這個故事實在太精彩，**所以**我完全被迷住了，連飯都忘記了吃。

解說 這個句子要表達因為故事精彩而導致我連飯都忘記吃的結果。如果只用「接着」把後面表示結果的句子連起來，就不能很好表達出句子的原意，所以要用表示原因和結果的關聯詞「因為……所以……」。

答案 這件事情本來就不是她的錯，**因此**你不能責怪她。

解說 為甚麼「你不能責怪她」？原因是「本來就不是她的錯」。前半句是原因，後半句是結果，中間需要用表示結果的關聯詞「因此」來連接。

答案 **由於**河水氾濫，這條小橋在幾天前就被沖毀了。

解說 「於是」引出的是一種結果，但在這個句子中，「河水氾濫」明顯是小橋被沖毀的原因，所以應把「於是」改為「由於」。

解說 「之所以……是因為……」是一組表示原因和結果關係的關聯詞，「之所以」引出的是結果，「是因為」引出原因。這個句子中，前半句內容是結果，後半句內容是原因。

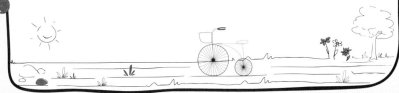

正因為爸爸工作能力強，因而公司派他到最困難的項目組去擔任負責人。

由於小明粗心大意，於是他在數學考試中做錯了好幾道題目。

既然你已經提早到了，那幫忙一起佈置會場吧！

既然她們是兩姐妹，所以我就把她們安排在同一個房間吧！

答案 正因為爸爸工作能力強，**所以**公司**才**派他到最困難的項目組去擔任負責人。

解說 前半句的關聯詞已經有「因為」這個詞，後半句再用「因而」就會顯得句子累贅，應改為「所以」。

答案 由於小明粗心大意，**所以**他在數學考試中做錯了好幾道題目。

解說 雖然「於是」引出的句子也屬於結果，但前半句中已用了「由於」這個關聯詞，後半句用「於是」顯得累贅，應改用「所以」。

答案 既然你已經提早到了，那**就**幫忙一起佈置會場吧！

解說 「既然……就……」是一個固定的搭配，如果後半句缺少「就」字，與前半句的聯繫就不夠緊密，句子表達就不流暢了。

答案 既然她們是兩姐妹，**那麼**我就把她們安排在同一個房間吧！

解說 「既然」和「所以」不能配搭在一起。用「既然……那麼……」這組關聯詞，就可以準確表達出她們因為是兩姐妹，所以被安排在同一個房間的意思。

73

因為香港地少人多，因而房屋價格非常昂貴。

她因為不能準時來到賽場，被大會取消了參賽資格。

因為這裏的氣候變化太大，因此不少動物都遷徙到別的地方生活。

之所以談判失敗，我們就無法再合作了。

答案 香港地少人多，因而房屋價格非常昂貴。

釋疑 後半句用的關聯詞是「因而」，那麼前半句就不需再用「因為」了，否則句子就會顯得累贅。「因為」和「因而」不能同時使用。

答案 她因為不能準時來到賽場，所以被大會取消了參賽資格。

釋疑 後半句缺少了「所以」這個關聯詞，與前半句的聯繫不夠緊密，容易令人誤會句子還沒說完，還有更多的結果沒說出來。

答案 這裏的氣候變化太大，因此不少動物都遷徙到別的地方生活。

釋疑 「因為」和「因此」不能同時使用。刪去「因為」，便可以既符合句意也不會令句子顯得累贅。

答案 既然談判失敗，我們就無法再合作了。

釋疑 「之所以」後面引出的是某件事情的結果。但按句子意思，「我們無法再合作」才是結果，而原因是「談判失敗」，所以前半句的關聯詞應改用「既然」。

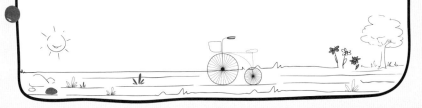

所以空氣污染嚴重，是因為這個城市有很多工廠和汽車，天天排出大量廢氣。

連日暴雨，以致山洪暴發，沖毀了大量的房屋與農田。

既然你已經去過北京了，所以我們這次暑假旅行去上海吧！

科學家做了大量精確的運算，因而得出太陽系中各個星球之間的距離。

答案 <u>之所以</u>空氣污染嚴重，是因為這個城市有很多工廠和汽車，天天排出大量廢氣。

釋疑 「所以」引出的內容是一件事情的結果，但需要放在「因為」後面使用。「之所以……是因為……」是一個固定的搭配，特點是將事情的結果放在句子的前半部分，後半個句子才解釋原因。

答案 <u>由於</u>連日暴雨，以致山洪暴發，沖毀了大量的房屋與農田。

釋疑 「由於……以致……」搭配在一起使用，令句子的原因和結果表達得更完整。

答案 既然你已經去過北京了，<u>那</u>我們這次暑假旅行<u>就</u>去上海吧！

釋疑 「既然」與「所以」一般不會搭配在一起使用。

答案 科學家做了大量精確的運算，<u>從而</u>得出太陽系中各個星球之間的距離。

釋疑 科學家做的大量運算，是得出太陽系星球之間距離的原因，前後兩部分也有很明顯的先後關係，所以這裏用「從而」更恰當。

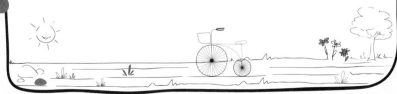

平日常常請教別人的小明，最後也能考上好的大學，從而聰明並不是學習成績好的唯一原因。

由於他不小心駕駛，因此一位老人家被汽車撞至重傷。

因為取得比賽的勝利，籃球隊所有隊員都拚盡了力氣。

我們必須趕快修好堤壩，為了不讓洪水淹沒村莊。

答案 平日常常請教別人的小明，最後也能考上好的大學，**可見**聰明並不是學習成績好的唯一原因。

解題 「從而」和「可見」都可以用於引出事情的結果，但因為「從而」後需有一個動詞來連接表示結果的內容，而原句缺少了這個動詞，所以應該用「可見」。

答案 由於他不小心駕駛，**致使**一位老人家被汽車撞至重傷。

解題 「因此」引出的分句前，不需再加「因為」、「由於」等關聯詞。所以句子應將「因此」改為「致使」，或將「由於」刪去。

答案 **為了**取得比賽的勝利，籃球隊所有隊員都拚盡了力氣。

解題 按句子意思，前半部分應該是表達籃球隊所有隊員拚盡力氣的目的或原因是甚麼。所以，句子應改用「為了」這個關聯詞，或改為「因為要」。

答案 我們必須趕快修好堤壩，**以免**洪水淹沒村莊。

解題 不讓洪水淹沒村莊，是趕快修好堤壩的目的。這個表達目的的內容放在句子後半部分，關聯詞一般不用「為了」，而應改用「以免」。或者，我們可以將原句的前後半句互換位置。

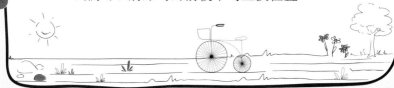

我們今天努力學習，為了明天能過更好的生活。

他已經做好充分的準備，為了能夠通過面試，獲得自己心儀的職位。

他把最重要的文件放在最上層，總經理可以第一時間看到它們。

你一定要小心地把魚刺都挑出來，以便小妹妹吃魚肉時被魚刺卡到。

答案 我們今天努力學習，**是**為了明天能過更好的生活。

解說 努力學習的目的是要過更好的生活，在前後兩個句子之間，需要一個重要的關聯詞「是為了」。單單只有「為了」，句子就會缺少重要的動詞，變得不完整。

答案 他已經做好充分的準備，**務求**能夠通過面試，獲得自己心儀的職位。

解說 「為了」和「務求」都能表達通過面試獲得心儀職位這個目的，但「為了」引出的句子要放在前面，而且在重視的程度上沒有「務求」那麼高。在這個句子裏，用「務求」更能表達出「他」對面試的重視。

答案 他把最重要的文件放在最上層，**以便**總經理可以第一時間看到它們。

解說 句子中加了「以便」這個關聯詞，就能十分清楚地表達出方便總經理查看文件這個目的。

答案 你一定要小心地把魚刺都挑出來，**以免**小妹妹吃魚肉時被魚刺卡到。

解說 句子用了「以便」，意思就會變成小妹妹被魚刺卡到的機會更大。這與句子的原意是相反的，所以應改用「以免」。

務求晚上能和爸爸一起看足球世界杯決賽，弟弟早早就做完了功課。

以求取勝，他不惜做出犯法的行為，實在是愚蠢。

媽媽希望姐姐盡快回家，為了趕得及與大家一起去探望爺爺。

演員、導演及工作人員都認真做好準備，為求一次就能完成拍攝工作。

答案 為了晚上能和爸爸一起看足球世界杯決賽，弟弟早早就做完了功課。

釋題 「為了」引出的內容多數放在句子前面，「務求」引出的內容多數放在句子後面。在這個句子裏應該用「為了」。

答案 為求取勝，他不惜做出犯法的行為，實在是愚蠢。

釋題 「以求」前面應該寫出人物的行為，所以一般用作後半句的關聯詞。「為求」則可以用在句子開頭，先寫出人物行為的目的。

答案 媽媽希望姐姐盡快回家，以便趕得及與大家一起去探望爺爺。

釋題 「為了」一般放在句子開頭，而不用於引出下半句話。所以句子可改用「以便」，或「是為了」。

答案 演員、導演及工作人員都認真做好準備，力求一次就能完成拍攝工作。

釋題 「為求」常常用在句子開頭，引出做事情的目的。原句的關聯詞要用在句子中間，應用「力求」或「務求」。

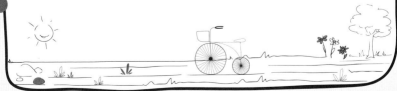

你還是早點去睡覺吧，為免明天上課時又打瞌睡。

爸爸努力地工作，為了給我們提供更好的生活。

模特們在表演之前努力健身，以最佳的狀態登上舞台。

建築工人每天都要做足安全措施，發生危險時以免無法保護自己。

84

答案 你還是早點去睡覺吧，**免得**明天上課時又打瞌睡。

解題 「為免」常常用在句子開頭。當後半句需要關聯詞來表達不想明天上課打瞌睡時，應該用「免得」或「以免」。

答案 爸爸努力地工作，**為的是**給我們提供更好的生活。

解題 「給我們提供更好的生活」是爸爸努力工作的目的。原句中，必須用表達目的並帶有動詞的關聯詞連接起來，所以要用「為的是」。

答案 模特們在表演之前努力健身，**務求**以最佳的狀態登上舞台。

解題 後半句缺少了關聯詞，整個句子就無法清楚表達「以最佳狀態登上舞台」是模特們努力健身的目的。加入「務求」，就能把這個意思表達清楚。

答案 建築工人每天都要做足安全措施，**以免**發生危險時無法保護自己。

解題 「以免」是要避免甚麼呢？要避免的是「發生危險時無法保護自己」這件事情。所以它應該放在後半句的開頭，才能順暢地連接起後半句話。

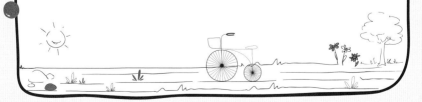

全體籃球隊員都奮力拚搏，力爭在決賽中奪取冠軍。

我們的防守不能鬆懈，以免對方球員從右路進攻。

姐姐每天花大量時間練琴，為了能在鋼琴級別考試中考取優秀成績。

夏天我們要多喝水，注意防曬，為免中暑。

答案 我們的防守不能鬆懈，**以防**對方球員從右路進攻。

釋題 「對方球員從右路進攻」，我們是無法避免的，只能防範。所以句子應該用「以防」。

釋題 奮力拚搏就是為了爭取冠軍，用「力爭」來連接兩個句子非常恰當。

答案 姐姐每天花大量時間練琴，**為的是**能在鋼琴級別考試中考取優秀成績。

釋題 「為了」通常用在句子開頭。原句中，後半句缺少了「是」字，整個句子就會缺少重要的動詞，也不通順。所以要用「為的是」來表達姐姐每天花大量時間彈琴的目的。

答案 夏天我們要多喝水，注意防曬，**以免**中暑。

釋題 「為免」常常用在句子開頭。當後半句需要關聯詞來表達不要中暑這個目的時，應該用「免得」或「以免」。

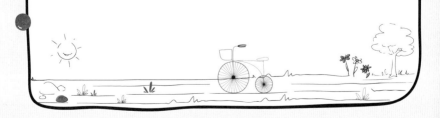

「天生我材必有用」

　　在關聯詞這個大家庭中，有單個字的關聯詞，也有兩個字或更多詞語組合而成的關聯詞詞組。不論它們長成甚麼模樣，都擔負着連接句子的重要功能。當你遇到下面的種種情況，不同的關聯詞就能成為你清晰表達自己意見的好幫手！

當你想說清楚<u>一件事情的原因和結果</u>：

因為……所以……，之所以……是因為……，……因而……，……因此……，既然……就……

當你想表示<u>動作或者事情接連發生，或者十分緊急</u>：

一……就……，首先……然後……，……接着……，先……才……，先……再……，便，於是

當你想表達<u>後來發生的事情有變化</u>：

雖然……但是……，……卻……，……然而……

當你想表達<u>猜想的情況和結果</u>：

如果……就……，即使……也……，要是……那麼……，倘若……就……

休憩站

2

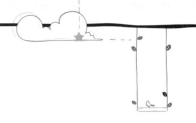

當你想表達**在一個特別的條件下發生的事情結果**：

只要……就……，只有……才……，無論……都……，不管……也……

當你想告訴別人**有不同的選擇**：

或者……或者……，不是……就是……，要麼……要麼……，與其……不如……，寧可……也不……

當你想表達**事情有更進一步的意思**：

不但……而且……，不光……也……，不僅……還……

當你想表達**同時存在的各種關係或情況**：

有時……有時……，一邊……一邊……，一方面……一方面……，一會兒……一會兒……，不是……而是……

當你想說清楚**為了某個目的而做出的行為**：

為了，……是為了……，務求，力求，以免，以便

　　看，每個、每組關聯詞都是「天生我材必有用」，只要你把它們用好，你說的話，寫的文章，自然就能通順流暢，清楚明白；別人也自然聽得舒服，看得明白啦！

玩玩試試

　　請你同小宇一起，幫下面的句子來變身！試一試，如果按題目的意思，用上不同的關聯詞及組合能把原句變成多少種模樣？

答案在書末

 把自己的答案寫下來吧！

(1) 表達要達到一個目的而做的事：
他要救媽媽；同時做了三份工作，拚命去
賺錢。

(_____)
(_____)
(_____)

(2) 表達猜想中的事情和結果：
我沒有及時趕到；弟弟被壞人搶走。

(_____)
(_____)
(_____)

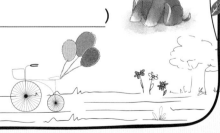

哪個才是正確的？

□ A. 我只要找到她，就能知道當時發生了甚麼事。

□ B. 我只能找到她，也能知道當時發生了甚麼事。

□ A. 操場上，同學們有的在打籃球，又在玩遊戲。

□ B. 操場上，同學們有的在打籃球，有的在玩遊戲。

妹妹 ＿＿＿ 回到家 ＿＿＿ 馬上去洗手。

□ A. 一……就……

□ B. 一……又……

答案 Ⓐ

解説 「只要……就……」表示要滿足一個條件，才能做到下一句所説的事情。「找到她」是條件，「知道當時發生甚麼事」就是滿足了這個條件之後能做的事情。「只能」表示沒有其他辦法下唯一可做的事情。

答案 Ⓑ

解説 「有的……有的……」列出在操場上同學們同時在進行的兩種活動：打籃球與玩游戲。而同一個人同一時間不能做兩種活動，所以不應選擇「又在玩游戲」。

答案 Ⓐ

解説 妹妹「回家」和「洗手」這兩件事是連續發生的，而且中間沒有停頓，所以應該用「一……就……」。而「一……又……」就用於表示這種情況常常出現，重複再次發生，不適宜用在這個句子裏。

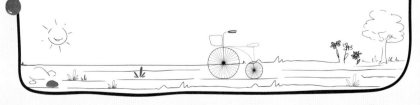

□ A. 知道了事情的經過，媽媽不僅批評弟弟，反而稱讚他做得對。

□ B. 知道了事情的經過，媽媽不但不批評弟弟，反而稱讚他做得對。

這個工作我比較熟悉，＿＿＿ 與我們合作的人也不認識你，所以還是讓我來負責吧！

□ A. 甚至　　□ B. 而且

舞蹈組的小演員們在這次匯演中表現得非常好，＿＿＿ 是小玲，她跳得十分出色。

□ A. 尤其　　□ B. 甚至

答案 B

釋疑 「不僅」組成的關聯詞詞組，表達的只是更進一層的意思。「反而」則表示轉折、相反的意思，與「不僅」不能搭配在一起使用。根據原句意思，應該選「不但不……反而……」。

答案 B

釋疑 「我對這件工作比較熟悉」，「與我們合作的人不認識你」，這是兩個同等重要的條件，所以不應用「甚至」，而應用「而且」。

答案 A

釋疑 「尤其」與「甚至」都能表達更進一步的意思。用「尤其」，是指後面提到的人是這個舞蹈組小演員的其中一位；用「甚至」則適合在與別的團體或人作比較時使用。這句話應選「尤其」。

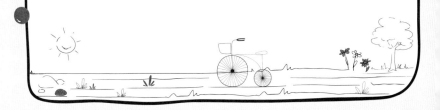

□ A. 我們一邊散步，又在談心。
□ B. 我們一邊散步，一邊談心。

我們的課室 ＿＿＿ 大 ＿＿＿ 非常明亮。
□ A. 不但……而且……
□ B. 又……又……

＿＿＿ 沒有媽媽的鼓勵和陪伴，我早已放棄了學習鋼琴。
□ A. 假如　　□ B. 只要

□ A. 儘管工作再忙，媽媽都會抽出時間來學習英語。
□ B. 即使工作再忙，媽媽都會抽出時間來學習英語。

釋疑 散步和談心這兩件事我們都有做，同等重要，而且同時進行。所以要用固定的詞組搭配來連接句子，應選「一邊⋯一邊⋯⋯」。

釋疑 句子中提到「明亮」時用了「非常」去形容，顯然認為這個優點更令人喜歡。句子帶有更進一步的意思，應該選「不但⋯⋯而且⋯⋯」。若沒有「非常」這個詞，則選「又⋯⋯又⋯⋯」也可以。

釋疑 看句子內容就知道，「沒有媽媽的鼓勵和陪伴」是一種想象出來的情況，並不是真實情形。所以應該選「假如」。

釋疑 「儘管」常常用於表示意思轉折的句子中，與「但是、但、可是、卻」等詞語搭配在一起。而這個句子的意思是在工作很忙的條件下媽媽都會做到的事，沒有轉折，所以要選用「即使⋯⋯都⋯⋯」這組關聯詞。

□ A. 石頭很重，可小草還是從石頭邊上鑽出地面，頑強地生長。

□ B. 就算石頭很重，小草從石頭邊上鑽出地面，頑強地生長。

____ 弟弟從來沒有上過大舞台，____ 感到特別緊張。

□ A. 即便……也……

□ B. 因為……所以……

____ 今天下雨了，____ 我們還是按原計劃去探望老師。

□ A. 雖然……於是……

□ B. 雖然……但是……

答案 Ⓐ

釋疑 小草被很重的石頭壓在地下，小草鑽出地面頑強生長，這是兩種不同的情況。所以句子要用表示轉折的關聯詞「可」來連接前後句。

答案 Ⓑ

釋疑 弟弟沒上過大舞台，弟弟感到特別緊張，兩句之間顯然是原因和結果的關係。因而應該選「因為……所以……」。

答案 Ⓑ

釋疑 下雨天出行不便，我們卻去探望老師，句子的意思有了轉折，應該選「雖然……但是……」這個關聯詞組合。

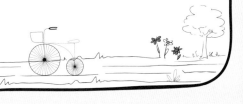

去長城的路途比較遠，我們還帶着老人和小孩，＿＿＿直接租車過去比較好。

☐ A. 因而　　☐ B. 於是

只要有決心，＿＿＿多大的困難，我們＿＿＿能克服。

☐ A. 無論……都……

☐ B. 儘管……也……

我知道這件事情，＿＿＿不知道詳細的情況到底是怎樣的。

☐ A. 所以　　☐ B. 但是

答案 Ⓐ

解題 句子的前半句並沒有用上表示原因的關聯詞，所以後半句需要用「因而」，才顯得合理和通順。

答案 Ⓐ

解題 「儘管」後面引出的是一種確定的情況。但句子中「多大的困難」並不確定，所以不應選用，而應用「無論……都……」。

答案 Ⓑ

解題 前句表明「知道這件事」，後句卻提到「不知道詳細情形是怎樣的」，意思前後不一致。句意轉折了，就應該選用「但是」。

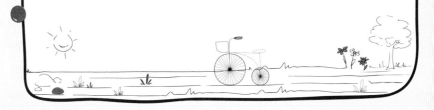

□ A. 每天我都和玲玲一起上學，要麼就是我在路口等她，要麼就是她到我家樓下等我。

□ B. 每天我都和玲玲一起上學，我在路口等她，或者是她到我家樓下等我。

一位老師 ＿＿＿ 要掌握學生的學習情況，＿＿＿ 要留意學生的心理健康。

□ A. 如果……就……

□ B. 既……又……

□ A. 她既不喜歡體育運動，並且不喜歡跳舞。

□ B. 她既不喜歡體育運動，也不喜歡跳舞。

答案 Ⓐ

釋疑 「要麼……要麼……」是表示有時「我在路口等她」，有時「她到我家樓下等我」，兩種情況都存在，但不會同時發生。兩個句子都有明確的內容，不適宜單用「或者」。

答案 Ⓑ

釋疑 掌握學生的學習情況，留意學生的心理健康，兩者同樣重要，都是老師應該做的。所以應選「既……又……」。

答案 Ⓑ

釋疑 應該選用「既不……也不……」這個固定的關聯詞搭配來表達體育運動和跳舞「她」都不喜歡這件事。

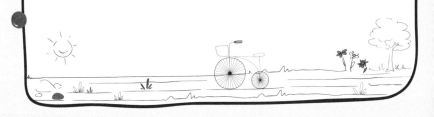

□ A. 你看那片白雲，一會兒像隻小狗，有時又像一匹駿馬。

□ B. 你看那片白雲，一會兒像隻小狗，一會兒又像一匹駿馬。

____ 還有功課未完成，我今天不能按時睡覺了。

□ A. 因為　　□ B. 為了

□ A. 他從小就要甚麼有甚麼，因此所以他覺得賺錢是很容易的事情。

□ B. 他從小就要甚麼有甚麼，所以他覺得賺錢是很容易的事情。

答案 B

「一會兒⋯⋯一會兒⋯⋯」和「有時⋯⋯有時⋯⋯」是兩個固定搭配的詞組，不能混用。

答案 A

「還有功課未完成」不是一個目的，而是「我不能按時睡覺」的原因。所以應該選擇「因為」。

答案 B

「因此」和「所以」都可以引出表示結果的句子，這兩個關聯詞不需要重複使用，只用其中一個就可以了。

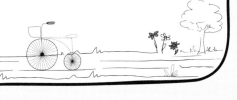

東東今天之所以遲到，是 ＿＿＿ 在路上幫忙把一位老奶奶送到醫院急診室。

☐ A. 因為　　☐ B. 為了

因為我把所有時間都花在練習舞蹈上，＿＿＿ 我的學習成績退步了。

☐ A. 所以　　☐ B. 因此

☐ A. 不管遇到颱風下雨，我還是堅持每天去練琴。

☐ B. 即使遇到颱風下雨，我還是堅持每天去練琴。

答案 A

「之所以⋯⋯是因為⋯⋯」是一個固定搭配的關聯詞詞組。而且「為了」引出的內容往往表示某種行動的目的，所以不能選它。

答案 A

前半句用上了「因為」，後半句就不應用「因此」，否則會顯得句子累贅，應選「所以」。

答案 B

「不管」後面應該引出各種不同的情況，而「遇到颱風下雨」則是比較確定，所以不能選「不管」，而應該選用「即使⋯⋯還是⋯⋯」。

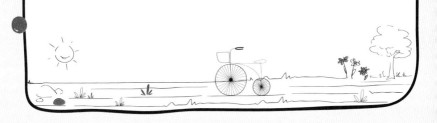

那位老人家 ＿＿ 年齡大了，＿＿
身體特別靈活。
☐ A. 雖然……但是……
☐ B. 不但……而且……

☐ A. 儘管他很喜歡打羽毛球，可是打得
　　 卻並不好。
☐ B. 儘管他很喜歡打羽毛球，而是打得
　　 卻並不好。

☐ A. 只要等爸爸休假時，我們才能
　　 一家人出外旅行。
☐ B. 只有等爸爸休假時，我們才能
　　 一家人出外旅行。

答案 Ⓐ

解說 在人們心中，年齡大了與身體靈活往往不能同時並存，所以這個句子就帶有轉折的意思，而不表示更進一步，應該用「雖然……但是……」.

答案 Ⓐ

解說 「而是」要與「不是」搭配在一起使用。「儘管」常常與「可是」、「但是」搭配在一起，表示在某種條件下做出的行為，或狀況。句子要轉折地表達出他打羽毛球水平不高的意思，應該選「儘管……可是……」。

答案 Ⓑ

解說 「只有……才……」表示了爸爸休假是一家人外出旅行的唯一的條件。「只要」一般不與「才」搭配在一起。

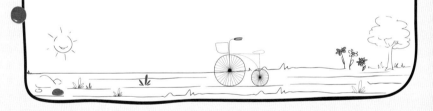

郊遊時帶上指南針，＿＿＿我們走到哪裏，＿＿＿不會迷失方向。

☐ A. 不論……都……

☐ B. 即使……都……

☐ A. 爺爺不論做甚麼事都不需要別人幫忙。

☐ B. 爺爺不論做甚麼事才不需要別人幫忙。

☐ A. 即使是花自己的錢，但是鋪張浪費也是不對的。

☐ B. 哪怕是花自己的錢，鋪張浪費也是不對的。

答案 Ⓐ

解說 「我們走到哪裏」是一種不確定的情況。所以這句話不能用「即使」，而應該選用「不論……都……」。

答案 Ⓐ

解說 「不論……都……」是一個固定搭配的關聯詞組，能清楚表達在各種情況下爺爺都不需要別人幫忙。

答案 Ⓑ

解說 「哪怕……也……」、「即使……也……」就已經能完整地表達出不應該鋪張浪費的意思，中間插入「但是」，反而會顯得多餘，令句子意思變得模糊不清。

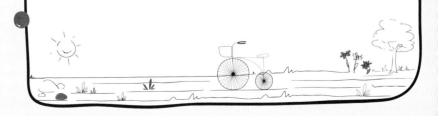

□ A. 媽媽打算週末帶我們去海洋公園，如果下大雨，也不能去了。

□ B. 媽媽打算週末帶我們去海洋公園，如果下大雨，就不能去了。

____ 武松不把老虎打死，____ 會被老虎吃掉。

□ A. 假如……也……

□ B. 假如……就……

□ A. 爸爸告訴我：既然這次考試成績不好，我也不能失去信心。

□ B. 爸爸告訴我：即使這次考試成績不好，我也不能失去信心。

答案 B

「如果……」假設了下大雨我們不能去海洋公園這種情況,「就」後面引出假設的情況的結果,若用「也」則令句子變得不合理。

答案 B

「也」表示同樣。「武松不把老虎打死」,當然要被老虎吃掉,在這裏不存在兩種同樣的內容或關係。所以要選「假如……就……」表示假想的情況和它引致的結果。

答案 B

「即使……也……」是一個固定的關聯詞搭配,假設考試成績不好的情況下我該怎麼做。「既然」引出的內容是已經發生了的,不符合句子意思。

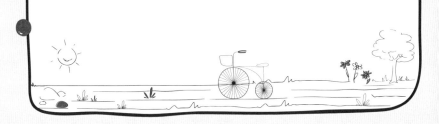

□ A. 要不是前兩天我發燒，我就已經同爸爸一起去旅行了。

□ B. 要不是前兩天我發燒，那麼我已經同爸爸一起去旅行了。

這次比賽我們 ＿＿ 要贏，＿＿ 要贏得漂亮！

□ A. 不但……更是……

□ B. 不但……而且……

你不但不能離開，＿＿ 還要留守到最後。

□ A. 並且　　□ B. 而且

答案 A

释疑 「要不是……就……」是一個固定的搭配。「那麼」的前面通常要用「假如、如果」等搭配。

答案 B

释疑 「贏得漂亮」比「贏」更進了一步，應該選擇固定的關聯詞搭配「不但……而且……」。

答案 B

释疑 「不能離開」是對「你」的第一層要求，「留守到最後」是更高一層的要求。要表達這種關係，就應該選「而且」。

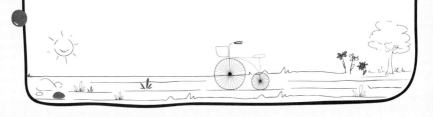

117

□ A. 露營不僅能鍛鍊我們的自理能力，還能增進大家的感情。
□ B. 露營不是能鍛鍊我們的自理能力，而是能增進大家的感情。

□ A. 我和曉梅不只認識，還是好朋友。
□ B. 我和曉梅不只認識，卻是好朋友。

□ A. 他不僅僅是這樣想的，整個公司的人都這樣想。
□ B. 不僅僅他是這樣想的，整個公司的人都這樣想。

答案 Ⓐ

解題 鍛煉自理能力，增進大家感情都是在露營過程中能做到的事情，所以不能選「不是⋯⋯而是⋯⋯」。

答案 Ⓐ

解題 兩個人是好朋友，這種關係比兩個人互相認識更高一層，所以不能用「卻」這個表示轉折意思的關聯詞，而應該用「不只⋯⋯還是⋯⋯」。

答案 Ⓑ

解題 前後作比較的是「他」和「整個公司的人」的想法，所以「不僅僅」不能放在「他」後面，否則「不僅僅」引出的就應該是他一個人的各種想法了。

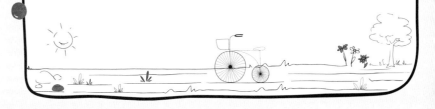

已經好久沒下雨了，你 ＿＿＿ 不珍惜
食水，＿＿＿ 如此浪費，真讓人生氣！

□ A. 非但……還……

□ B. 非但……並且……

□ A. 教育好孩子們，不是學校和家長的
責任，而是整個社會的責任。

□ B. 教育好孩子們，不但是學校和家長
的責任，而且是整個社會的責任。

你 ＿＿＿ 在這裏呆呆地等消息，＿＿＿
主動去四處打聽一下。

□ A. 與其……倒不如……

□ B. 或者……或者……

答案 Ⓐ

釋疑 浪費食水與不珍惜食水相比，錯的程度更加嚴重，有更進一層的關係。所以應該選「非但……還……」。「並且」不能表示更進一層。

答案 Ⓑ

釋疑 對孩子的教育，學校和家長絕對需要承擔很大的責任，不能說「不是」。所以應該選「不但……而且……」。

答案 Ⓐ

釋疑 「呆呆地等消息」和「四處打聽一下」是兩種選擇，「你」只能選擇其中一種。但從「呆呆地」這個詞來看，這句話有提出建議的意思，所以應選用「與其……倒不如……」。

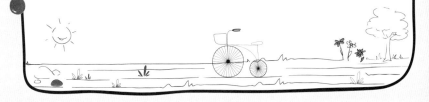

這次乒乓球比賽的冠軍 ____ 李明，____ 陳強。

☐ A. 或者……或者……

☐ B. 不是……就是……

☐ A. 這次旅行，我們或者去新疆，或者去內蒙古。

☐ B. 這次旅行，我們有時去新疆，有時去內蒙古。

「小強，請你一定要守住球門，____ 一分不失！」

☐ A. 以免　　☐ B. 務求

答案 B

釋述 句子要有動詞才完整。雖然兩個選項都表示選擇的關係，但為了要令句子完整，就應該選「不是……就是……」。

答案 A

釋述 「有時……有時……」引出的事情或活動並不是同時進行的，而句子已經有「這次旅行」的限制，所以只能用「或者……或者……」來表示對旅行目的地的選擇。

答案 B

釋述 「一分不失」是守住球門的目的，要用表示重視程度高的「務求」。「以免」有避免的意思，與句子意思相反。

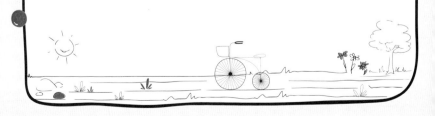

關聯詞，要用對！

　　關聯詞的用處那麼大，可是小宇卻常常用錯，以致別人誤會他，他很苦惱。

　　想知道怎麼改正錯誤，先要知道錯誤為甚麼會出現。小宇應該問問自己：

1、是不是沒想清楚自己要表達甚麼？

2、是不是不明白關聯詞的意思、搭配和用法？

3、是不是有錯誤的語言習慣？

4、是不是放錯了關聯詞在句中的位置？

　　想清楚了錯誤的原因是甚麼，我們就能對症下藥，幫助小宇用對關聯詞了！

第一，　當然是要知道自己到底想説甚麼了！這樣才能安排句子內容，想好用甚麼關聯詞。

第二，　自己要真正掌握關聯詞的意思、搭配和用法。比如：

　　　　因為大家齊心合力，**所以**我們在比賽中取得

勝利。

如果大家齊心合力，**我們**就能在比賽中取得勝利。

只有大家齊心合力，我們**才**能在比賽中取得勝利。

　　上面這三句話，關聯詞組合不同，意思就完全改變了。第一句用於比賽後總結經驗，第二句用於比賽前的猜測，第三句用於比賽前鼓舞大家。所以，想清楚要說甚麼後，我們就不要用錯關聯詞啦！

第三，　在生活中要分辨哪些語句的關聯詞使用不當。只要句子讀起來感覺不通順，或者用上的關聯詞組合與你知道的搭配不一樣，就要多問問：這樣說到底對不對呢？比如：

　　我們有時會到街心公園去散步，又會帶孩子在那裏曬太陽。

　　這句話我們在生活中常常聽到，但其實句子用錯了關聯詞。「有時」和「又」不應該混着用。這句話應改為：

　　我們**有時**會到街心公園去散步，**有時**會帶孩子在那裏曬太陽。

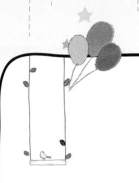

第四、　弄清楚自己犯的錯是哪一種，記錄下來，提醒自己以後不要再錯。除了關聯詞的搭配錯誤，小宇還會放錯關聯詞的位置，使它們無法幫助句子正確表達意思。比如：

他不但是這樣想的，而且還這樣做了。　← ☑

不但他是這樣想的，而且還這樣做了。　← ☒

　　如果「不但」放在「他」的前面，後半句話中就應該有其他人來做句子的主語，但這樣就與原句意思不符了。

　　小宇決心先從這四個方法做起，學好關聯詞的用法，做到「關聯詞，要用對！」歡迎你也與他一同努力呀！

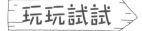

玩玩試試

下面的句子使用關聯詞時，都有不同類型的錯誤。你和小宇，誰能分辨得更快？把錯誤的編號填在橫線上吧！

① 關聯詞用錯了！ ② 句子中的關聯詞不見了！

③ 關聯詞在句中的位置錯了！ ④ 句子中的關聯詞太多了！

(1) 我們如果要學習成績好，就要好好鍛煉身體。_____

(2) 姐姐雖然熱愛攝影，也熱愛運動。_____

(3) 我們準備在春節假期時去美國，探望外公外婆，好好參觀大都會博物館。_____

(4) 因為外婆喜歡花，因此所以我們家裏到處都擺放了鮮花。_____

(5) 教練不但不同意臨時退出比賽，現場的所有隊員也不同意。_____

(6) 李爺爺年紀很大，身手還很靈活。_____

▷ 答案在書末

127

参考答案

休憩站1

有的	但是
只要	才（不）
只有	又
除非	不是
既	就
不是	而且
是	才
不僅	而是
雖然	有的

（1） 他為了要救媽媽，同時做三份工作，拚命去賺錢。

他之所以要同時做三份工作，拚命賺錢，是為了救媽媽。

他同時做三份工作，拚命去賺錢，為的是要救媽媽。

（2） 如果我沒有及時趕到，弟弟就已被壞人搶走了。

假如我沒有及時趕到，弟弟就已被壞人搶走了。

要是我沒有及時趕到，弟弟就已被壞人搶走了。

休憩站3

（1） ①　　　（2） ①

（3） ②　　　（4） ④

（5） ③　　　（6） ②